ふみ／木村　真央（熊本県10歳）
「友」への手紙（平成12年）入賞作品
え／河村美希子（愛媛県15歳）
「あっ!?」第7回（平成13年）入賞作品

けんかしちゃったね。きのうは。
今日、なかなおりしてくれてありがとう。

ふみ・木村真央
え・河村美希子

ふみ／**小金井さほり**（東京都 14歳）
「友」への手紙（平成12年）入賞作品
え　**勝田　春香**（千葉県 8歳）
「長なわをしたよ」第9回（平成15年）応募作品

どうして
ケンカしたん
だっけ。
どうして
仲直りしたん
だっけ。
不思議だね。

ふみ・小金井さほり
え・勝田春香

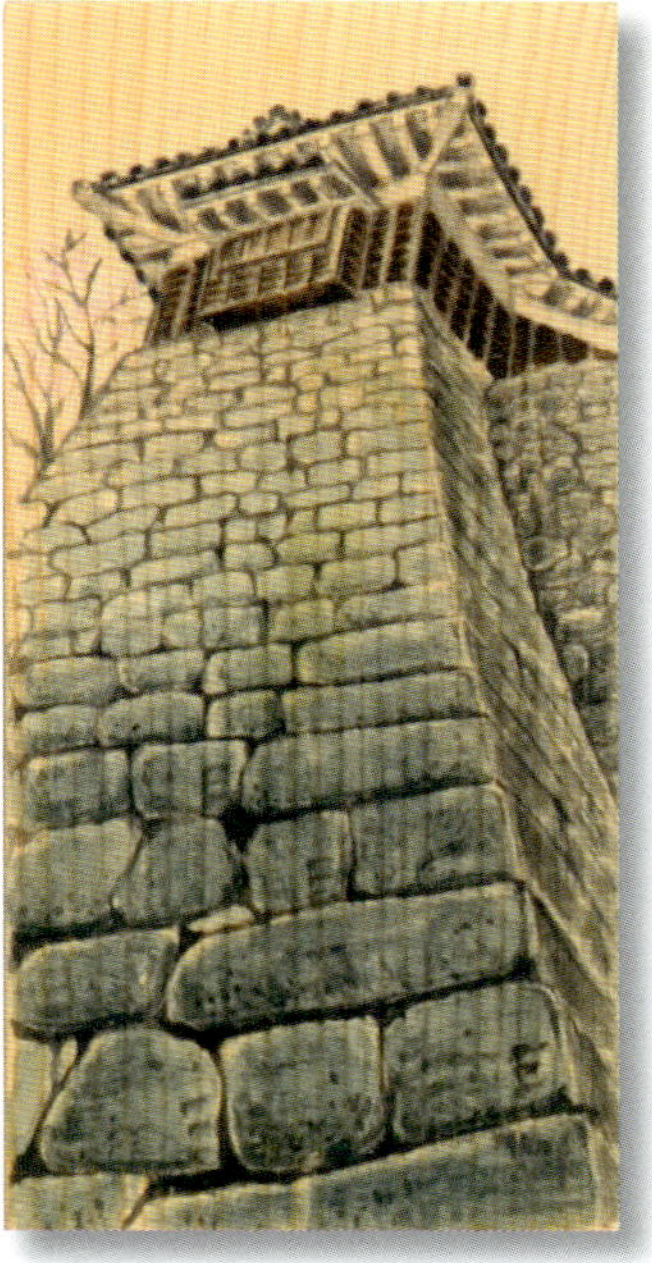

疎開でお世話に
なりました。
毎日お城を
見てました
一筆啓上の城
だったのですね

ふみ・嶋崎昭一郎
え・伊藤聡

ふみ／**嶋﨑昭一郎**（京都府69歳）
手紙「ふるさとへの想い」（平成11年）入賞作品
え／**伊藤　聡**（愛媛県42歳）
「城　壁」第9回（平成15年）入賞作品

ふみ／**榎本　佳泰**（広島県　15歳）
「友」への手紙（平成12年）入賞作品
え／**牧野　英夫**（群馬県　54歳）
「『つぶやき』飛んでみたいなぁー」
第3回（平成9年）入賞作品

足の遅《おそ》い僕が
マラソンをして
うれしかったのは
完走よりも
皆の声援でした。

ふみ・榎本佳泰
え・牧野英夫

なんでもいえるのは
「友達」

言わなくても
わかってくれる
あなたは「親友」

ふみ・加藤詩乃
え・松下治朗

ふみ／加藤　詩乃（奈良県 14歳）
「友」への手紙（平成12年）入賞作品
え／松下　治朗（東京都 78歳）
「なかよし」第9回（平成15年）入賞作品

ぼくの
おうちと
ゆみちゃんの
おうち
なかよく
ならんでいるよ。
ぼくたち
みたい！

ふみ・山根昌司
え・下田晃誠

ふみ／**山根　昌司**（広島県 4歳）
「友」への手紙（平成12年）入賞作品
え／**下田　晃誠**（長崎県 9歳）
「外は雪」第9回（平成15年）応募作品

なんでもいえるのは
「友達」

言わなくても
わかってくれる
あなたは「親友」

ふみ・加藤詩乃
え・松下治朗

ふみ／加藤　詩乃（奈良県 14歳）
「友」への手紙（平成12年）入賞作品
え／松下　治朗（東京都 78歳）
「なかよし」第9回（平成15年）入賞作品

ぼくの
おうちと
ゆみちゃんの
おうち
なかよく
ならんでいるよ。
ぼくたち
みたい！

ふみ・山根昌司
え・下田晃誠

ふみ／山根　昌司（広島県　４歳）
「友」への手紙（平成12年）入賞作品
え／下田　晃誠（長崎県　９歳）
「外は雪」第９回（平成15年）応募作品

ふみ／真橋　尚吾（福井県13歳）
「友」への手紙（平成12年）入賞作品
え／細川　周作（愛媛県42歳）
「別子トルネード」第7回（平成13年）入賞作品

僕は
「友」より
「友達」の方が
いいな。
その方が
たくさん
いるみたいで。

ふみ・真橋尚吾
え・細川周作

あなたの明るい笑顔の中にある
一人ぼっちの慟哭を

私だけは知っています。

ふみ・品川由美子
え・浅井晴奈

ふみ／品川由美子（秋田県36歳）
「私へ」への手紙（平成13年）入賞作品
え／浅井　晴奈（愛媛県17歳）
「私。」第18回（平成19年）応募作品

日本一短い
友への手紙

本書は、平成十一年度の第七回「一筆啓上賞 ―日本一短い手紙 友へ」（財団法人丸岡町文化振興事業団主催、郵政省（現 日本郵便）・住友グループ広報委員会後援）の入賞作品を中心にまとめたものである。

同賞には、平成十一年六月一日～九月三十日の期間内に一二万八二三通の応募があった。平成十二年一月二十四・二十五日に最終選考が行われ、一筆啓上賞一〇篇、秀作一〇篇、特別賞二〇篇、佳作一六二篇が選ばれた。

本書に掲載した年齢・都道府県名は応募時のものである。

同賞の選考委員は、黒岩重吾（故）、俵万智、時実新子（故）、森浩一（故）の諸氏でした。

※なお、この書を再版するにあたり、冒頭の8作品「日本一短い手紙とかまぼこ板の絵」を加えるとともに、再編集し、増補版としました。コラボ作品は一部テーマとは異なる作品を使用しています。

※財団法人丸岡町文化振興事業団は、平成二十五年四月一日より「公益財団法人丸岡文化財団」に移行しました。

目次

入賞作品

友

一筆啓上賞
秀作
特別賞

紫陽花《あじさい》、憂鬱《ゆううつ》、便箋《びんせん》、檸檬《れもん》も書《か》けた。
ただそれだけで、
私《わたし》たちは離《はな》れられなかった。

一筆啓上賞
［郵政大臣賞］
沖中 美和子
北海道 34歳 ナース・主婦

理由《りゆう》は知《し》らないが、
先生《せんせい》に怒《おこ》られていたお前《まえ》を
俺《おれ》は雪《ゆき》を見《み》ながら待《ま》っていた。

一筆啓上賞
［郵政大臣賞］
若森　貴幸
北海道　18歳　高校3年

いわないよ。キミが犯人《はんにん》だって。
友達《ともだち》でいたいし。
でもそれ本当《ほんとう》の友達《ともだち》じゃないね。

一筆啓上賞
［郵政大臣賞］
坂本 怜美
青森県　13歳　中学校2年

あの筆箱《ふでばこ》、普通《ふつう》に見《み》ればただの筆箱《ふでばこ》。
あなたと見《み》ると笑《わら》いをくれる。

一筆啓上賞
［郵政大臣賞］
木村 真智子
群馬県 13歳

アインシュタインは
友《とも》といるときには
時《とき》の流《なが》れが早《はや》くなるのを
知《し》ってたかな。

一筆啓上賞
［郵政大臣賞］
工藤 直人
千葉県 18歳 会社員

熟年《じゅくねん》、晩年《ばんねん》、老境《ろうきょう》、
何《な》んとでも言《い》え
世紀《せいき》が変《かわ》っても
貴様《きさま》と俺《おれ》だ！

一筆啓上賞
［郵政大臣賞］
永岡 義久
東京都 67歳

僕《ぼく》は、「友《とも》」より「友達《ともだち》」の方《ほう》がいいな。
その方《ほう》がたくさんいるみたいで。

一筆啓上賞
［郵政大臣賞］
真橋 尚吾
福井県 13歳 中学校2年

子供《こども》の写真《しゃしん》の年賀状《ねんがじょう》はもうやめよ。
あんたのことが知《し》りたいねん。

一筆啓上賞
［郵政大臣賞］
北村 幸子
滋賀県 41歳 主婦

僕《ぼく》はつかれた。
僕《ぼく》は友達《ともだち》につかれた。
楽《たの》しいけどつかれた。
友達《ともだち》とはつかれるものだ。

一筆啓上賞
［郵政大臣賞］
土井 尚弘
広島県 13歳 中学校2年

《アソビニイコウ》。
小学生《しょうがくせい》の頃《ころ》、夢中《むちゅう》でつくった暗号《あんごう》、
今《いま》でも覚《おぼ》えています。

一筆啓上賞
［郵政大臣賞］
小柳 幸子
佐賀県 27歳

この電話《でんわ》は現在使《げんざいつか》われておりません。
直接会《ちょくせつあ》ってお話下《はなしくだ》さい。

秀作［北陸郵政局長賞］
金丸 智美
北海道 14歳 中学校3年

「どうだ！」と、
眼鏡《めがね》をかけた写真《しゃしん》を送《おく》った。
「こうだ！」と、
禿《は》げ頭《あたま》の写真《しゃしん》を送《おく》ってきた。

秀作〔北陸郵政局長賞〕
原田つとむ
東京都 50歳 フリープランナー

どうしてケンカしたんだっけ。
どうして仲直《なかなお》りしたんだっけ。
不思議《ふしぎ》だね。

秀作［北陸郵政局長賞］
小金井 さほり
東京都 14歳 中学校3年

女同士《おんなどうし》の酒《さけ》。
ドアが開《あ》く度《たび》　振《ふ》り向《む》く貴女《あなた》は、
一体誰《いったいだれ》を待《ま》ってるのかしら。

秀作［北陸郵政局長賞］
石原てる美
埼玉県　25歳　フリーター

愛娘《まなむすめ》まゆちゃん、
私《わたし》が「友達《ともだち》よ」と言《い》うと怒《おこ》るけど
彼《かれ》ができたら、母《はは》になるからね。

お友達のように何でも話す娘に、感じたことを文にしてみました。素敵な彼ができるといいね。

秀作［北陸郵政局長賞］
新井 清美
長野県 49歳 主婦

親友《しんゆう》と出会《であ》うんは
恋人《こいびと》を作《つく》るより難《むずか》しいねんて
簡単《かんたん》な方《ほう》が出《で》けへんな　お互《たが》い

秀作
［北陸郵政局長賞］
舟積 文子
大阪府 26歳

君《きみ》が男《おとこ》でなくて良《よ》かった
もし君《きみ》が男《おとこ》なら
恋愛《れんあい》　結婚《けっこん》　離婚《りこん》
フルコースやったよね

秀作［北陸郵政局長賞］
浅井 優子
大阪府 38歳 主婦

貴女《あなた》が小説家《サガン》で私《わたし》は詩人《ゲーテ》だったあの頃《ころ》、
今《いま》どうしてる?
心《こころ》の医者《ドクター》求《もと》めています。

秀作〔北陸郵政局長賞〕
大林まゆみ
奈良県 41歳 主婦

不登校《ふとうこう》は悪《わる》い事《こと》じゃないよ
心《こころ》が風邪《かぜ》をひいただけ
ゆっくり休《やす》んでいいんだよ

秀作〔北陸郵政局長賞〕
秦 怜子
和歌山県 13歳 中学校2年

つまらないシャレを言《い》っていた君《きみ》。
その君《きみ》はもういない。
だからもっと、つまらない。

秀作［北陸郵政局長賞］
渡辺 邦太
12歳 ドイツ
日本人国際学校6年

右肩《みぎかた》のあたりに風《かぜ》がふいてさみしいです。
仲直《なかなお》りしよう。
一言《ひとこと》いえばすむのにね。

特別賞
加藤 歩
北海道 14歳 中学校2年

一筆啓上《いっぴつけいじょう》親友《しんゆう》へ。
親《した》しい友《とも》より信友《しんゆう》へ。
信《しん》じる友《とも》より心友《しんゆう》へ。
心《こころ》の友《とも》より真友《しんゆう》へ。

特別賞

野月 寛紀
青森県 13歳 中学校2年

時々《ときどき》忘《わす》れる。時々《ときどき》思《おも》い出《だ》す。
時々《ときどき》会《あ》いたくなる。
ひょっこり手紙《てがみ》が届《とど》く。
友達《ともだち》だと思《おも》う。

特別賞
森山 聖名子
茨城県 38歳 主婦

変《か》わったよねと皆《みな》が言《い》う。
もっと言《い》って、噂《うわさ》して。
脱皮《だっぴ》し続《つづ》ける私《わたし》を見《み》ていて欲《ほ》しい。

特別賞
瓜谷 桜
神奈川県 24歳 会社員

K子《こ》、失恋《しつれん》ごときで泣《な》かないで。
どんなときも強気《つよき》なのに。
フラれたのは私《わたし》なのに。

特別賞
山口 美和子
神奈川県 33歳 会社員

最近《さいきん》、Eメールばかり送《おく》ってきて、
目《め》が渇《かわ》くよ。
お前《まえ》の乱雑《らんざつ》な手紙《てがみ》を目薬《めぐすり》にしたい。

特別賞
原田 武
神奈川県 21歳 大学生

おめでとう。
あなたは恋人《こいびと》から親友《しんゆう》に昇格《しょうかく》されました。
これからもよろしく。

特別賞
佐藤 貴子
新潟県 20歳 事務員

遊《あそ》びのつもりで始《はじ》めた絶交《ぜっこう》が、
もう三十年《さんじゅうねん》になってしまいました。
後悔《こうかい》しています。

特別賞
太田 恭子
富山県 44歳 主婦

俺《おれ》はお前《まえ》を実際《じっさい》に見《み》たことがない。
お前《まえ》は本当《ほんとう》に存在《そんざい》しているのか。

特別賞
前川 広幸
福井県 17歳 高校3年

糸《いと》コンニャク君《くん》、
ぼくの親友《しんゆう》ぐらい好《す》きだよ。
前《まえ》ばのすきまを通《とお》って気持《きも》ちいいの。

特別賞
岡﨑 功太郎
福井県 8歳 小学校3年

探《さが》し物《もの》、
夜遅《よるおそ》くまでいっしょに探《さが》してくれたね。
大切《たいせつ》な物《もの》が見《み》つかったよ。

特別賞
金原 香奈
静岡県 16歳 高校2年

「ああ、あれね。」
それだけで通《つう》じる会話《かいわ》。
熟年夫婦《じゅくねんふうふ》のようで
嬉《うれ》しいんだか悲《かな》しいんだか。

特別賞
立石 沙矢香
静岡県 17歳 高校3年

女房《にょうぼう》に捨《す》てられたら、
拾《ひろ》ってくれよという男友達《おとこともだち》、
ここにも日本《にほん》のゴミ事情《じじょう》。

特別賞
長坂 美江子
愛知県 44歳 主婦

ぼくにはね。
風《かぜ》が友達《ともだち》のように思《おも》えるよ。
話《はな》しかけてくる感《かん》じが好《す》き。

特別賞
野村 広幸
愛知県 13歳 中学校

高校《こうこう》二年生《にねんせい》の夏《なつ》、
君《きみ》に頼《たの》んだあの手紙《てがみ》、
間違《まちが》いなく彼女《かのじょ》に渡《わた》してくれたんだろうね。

特別賞
松田 俊彦
京都府 62歳 会社役員

終戦間《しゅうせんま》もなく朝鮮《ちょうせん》に帰国《きこく》した大内君《おおうちくん》、
生《い》きているか、
君《きみ》の笑顔《えがお》に皺《しわ》を重《かさ》ねてみる。

特別賞
松本 忠士
大阪府 68歳

なぜか涙《なみだ》がこぼれた、
あなたの駅《えき》を通《とお》りすぎた時《とき》。
おめでとう、もうすぐ嫁《とつ》ぐ友《とも》。

特別賞
高見 真由美
大阪府 30歳 主婦

今は私も結婚してますが、当時独身の頃、
一足先に嫁ぐ事になった苦楽を共にしてきた親友への気持ちをかきました。

バレンタインの時《とき》、
女三人《おんなさんにん》で交換《こうかん》した。
あれさぶいな。
でもおいしかったよ。

特別賞
大森 聖子
兵庫県 17歳 高校3年

私《わたし》たちは　いつでも　どこでも　3人組《にんぐみ》
けど、なんだか私《わたし》は独《ひと》りぼっち

特別賞
小島 淳子
兵庫県　14歳　中学校

近《ちか》すぎて傷《きず》つけて、
遠《とお》すぎて信《しん》じられなくなった。
なんてもどかしいんだろう。

特別賞
志良堂 愛
沖縄県 15歳 高校1年

友人

佳作

悪口《わるくち》を絶対言《ぜったいい》わない、あなたが、
姑《しゅうとめ》のグチをこぼした時《とき》、
とても、ホッとしました。

高橋 路子
北海道 29歳 畑作農業

さようなら、鈴木《すずき》。
はじめまして、川崎《かわさき》。
どんな感《かん》じ？新《あたら》しい苗字《みょうじ》って。

高村 紀子
北海道 29歳 主婦

その目《め》はどうしたの？
ほかの猫《ヤツ》とケンカしたの？
それはどこの子《こ》！　つれておいで!!

藤田なつき
北海道　18歳　高校3年

阪神《はんしん》ファン歴《れき》7年《ねん》
亜有子《あゆこ》と出会《であ》って7年《ねん》
阪神《はんしん》ダメでも、私達《わたしたち》の関係《かんけい》はV7

北村 憲子
北海道 20歳

手紙《てがみ》２００通《つう》、本《ほん》１００冊《さつ》
強《つよ》さ、弱《よわ》さ、あったかさ
全部《ぜんぶ》あなたからもらったもの

織田 順子
北海道 38歳 主婦

おい、ボケたらあかん。
二〇〇〇《にせん》年《ねん》の朝《あさ》メシ食《く》うまで、
お互《たがい》ボケたらあかんぞ。

五十嵐 義倫
北海道 68歳

夫《おっと》、一三一四〇〇《じゅうさんまんせんよんひゃく》、
マリコ、三一五三六〇《さんじゅういちまんごせんさんびゃくろくじゅう》。
出《で》会《あ》ってからの、時《じ》間《かん》です。

峰尾 有希子
北海道 41歳 主婦

あなたにかわって教師《きょうし》になった。
つらい時《とき》、
二人分生《ふたりぶんい》きてるって実感《じっかん》します。

黄 瑛淑
北海道 25歳

胸《むね》の手術《しゅじゅつ》したの…貴女《あなた》の声《こえ》に
思《おも》わず涙《なみだ》が出《で》たけど
なんじゃあ　豊胸《ほうきょう》かあー。

濱田 礼衛子
北海道　44歳　ミニラボ店店長

喜《よろこ》びの携帯《けいたい》は親《おや》の為《ため》でいい。
哀《かな》しみの携帯《けいたい》は親友《しんゆう》にかけて来《こ》い。
希《のぞみ》

佐渡希
北海道 18歳

昔《むかし》はサイダー。今《いま》はビール。
コップの泡《あわ》の向《む》こうに見《み》えるよ、
見飽《みあ》きた、そのお前《まえ》の顔《かお》。

田中 博昭
北海道 33歳 中学校教諭

同級会《クラスかい》には、迎《むか》えに行《い》くなんて。
いじめっ子《こ》だったオレ、
どんな顔《かお》すればいいいんだよ。

平野好
青森県 57歳

君《きみ》と喧嘩《けんか》したあの日《ひ》は、
何《なに》もかもがうまくいきませんでした。

平内 雄基
青森県 14歳 中学校2年

泣《な》き顔《がお》も、笑《え》顔《がお》も、寝《ね》顔《がお》も裸《はだか》も全部《ぜんぶ》見《み》た。
私《わたし》も見《み》せた。
あとは、互《たが》いの未来《みらい》を見《み》せ合《あ》おう。

山口 美和
青森県 28歳 アルバイト

入学式《にゅうがくしき》、
一人《ひとり》ぼっちだった私《わたし》に
「名前何《なまえなに》？」の一言《ひとこと》。
そのひとことでとても救《すく》われました。

鳴海 信子
岩手県 16歳 高校2年

笑《わら》っちゃうけどサ。
アンタのそのへったくそな唄《うた》、
胸《むね》にしみて、なんだか涙《なみだ》がでるよ。

岩瀬 光江
宮城県 37歳

雪《ゆき》の日《ひ》に、貸《か》してもらった手《て》袋《ぶくろ》さ、
片《かた》っぽだけだったけど、温《あたた》かかったよ。

村岡ゆみ
宮城県　17歳　高校3年

山《やま》へ登《のぼ》った自慢《じまん》なんてしないでくれる！
農作業《のうさぎょう》に追《お》われてくたくたなんだから。

石原 敏子
秋田県 52歳 農業

国籍《こくせき》の違《ちが》う貴方《あなた》に会《あ》って、
私《わたし》の中《なか》で国境《こっきょう》が消《き》えた。
私《わたし》は貴方《あなた》に何《なに》か残《のこ》せたかしら？

成田 誠子
秋田県 35歳 看護婦

バブルの借金《しゃっきん》を
一言《ひとこと》の相談《そうだん》もなく
死《し》を選《えら》んだ悪友《あくゆう》よ。
そんなお前《まえ》とは絶交《ぜっこう》だ。

井澤 英悦
山形県 40歳 公務員

そっちは妻《つま》を失《うしな》って、
こっちは職《しょく》を失《うしな》った。
なんか昔《むかし》から絶妙《ぜつみょう》だよな、
俺達《おれたち》って。

高橋 恭治
山形県 29歳 会社員

十年《じゅうねん》たって
友達《ともだち》になれるような恋《こい》など
しなかったつもりだけど。

阿部 由美子
山形県 31歳

倅《せがれ》は友《とも》へEメール、
娘《むすめ》は友《とも》へFAX、
家内《かない》は友《とも》へ携帯電話《けいたいでんわ》、
私《わたし》は今《いま》も普通郵便《ふつうゆうびん》。

町田 憲一
山形県 57歳 教員

言《い》っとくけど、
どの男《ヒト》との時《とき》だって、
別《わか》れであんなに泣《な》いたこと、
なかったゾ。

坂内 理恵
福島県 25歳 司書

あなたは、大《おお》きな掃除機《そうじき》
いつも愚痴《ぐち》を吸《す》い取《と》ってくれて
ありがとう。

滝原 妙子
茨城県 37歳

本音《ほんね》は言《い》ってほしいけど
本音《ほんね》を言《い》ってはいけないときもあるさ。

斉藤 知佳
茨城県 16歳 高校生

テレビで穂高《ほだか》を見《み》て涙《なみだ》が出《で》ました。
子育《こそだ》てを休憩《きゅうけい》して山《やま》を見《み》に行《い》きませんか。

川上 敏子
茨城県 42歳 公務員

老化《ろうか》はあり老華《ろうか》は辞書《じしょ》にないそうです。
こまりましたなあー。

進藤 一郎
栃木県 74歳

辛《つら》い手術《しゅじゅつ》だった、
夜中《よなか》麻酔《ますい》から覚《めざ》めた時《とき》たしか居《い》たよな
「お前《まえ》も暇《ひま》だな……ありがとう」

立川 裕二
栃木県 30歳 会社員

一番目《いちばんめ》は家族《かぞく》です。
二番目《にばんめ》は友達《ともだち》。
二番目《にばんめ》だけど、
ずっとずっと大切《たいせつ》にします。

中野 恵
栃木県 12歳 中学校1年

一筆啓上《いっぴつけいじょう》、
喧嘩《けんか》しようぜ、仲良《なかよ》くしようぜ、
笑《わら》おうぜ、泣《な》こうぜ、
おい、一緒《いっしょ》に光《ひか》ろうぜ

草川 伯秀
栃木県 12歳 中学校1年

昔《むかし》はピーチガールズ
今《いま》、あんずマダムス
白梅会《しらうめかい》になっても遊《あそ》ぼうね。

大竹 則子
栃木県 38歳 主婦

今年《ことし》も桜《さくら》が散《ち》っていくね。
次《つぎ》に咲《さ》くときは私達《わたしたち》、
少《すこ》し大人《おとな》になってるかな。

太田 恵理子
群馬県 15歳 中学校3年

「ただいま」「おかえり」、
サボテンが僕《ぼく》の友達《ともだち》。
ふれようとすると僕《ぼく》をつきさす。

三田村 敏彦
埼玉県 18歳 高校

あいつを殴《なぐ》ったのは本当《ほんとう》だ。
俺《おれ》はお前《まえ》の悪口《わるくち》を言《い》う奴《やつ》は許《ゆる》さない。

北條 照二
埼玉県 67歳

お前《まえ》なんか会《あ》いたかないよ　忙《いそが》しいんだ
でも電話《でんわ》待《ま》ってるぞ　忙《いそが》しいんだけどな

山下貴子
埼玉県　26歳

この世《よ》の中《なか》に、
本当《ほんとう》の気持《きも》ちを言《い》いあえる友人《ゆうじん》は
いるのでしょうか。

伊藤 麻衣子
埼玉県 17歳 高校2年

仕事《しごと》の帰《かえ》りに「じゃ…な」と言《い》う
停年後《ていねんご》も「じゃ…な」だ
お前《まえ》の死《し》に際《ぎわ》の「じゃ…な」は辛《つら》かった

伊藤 政雄
埼玉県 72歳

道《みち》を歩《ある》いていたら
木《き》にしがみついてる葉《は》を見《み》つけた。
昔《むかし》の君《きみ》もああだったよ。

小川 達也
埼玉県 13歳 中学校

もうすぐ退院《たいいん》。
僕《ぼく》の姿《すがた》は車《くるま》いす。
キミは今《いま》まで通《どお》り、
遊《あそ》んでくれますか。

今井 友明
千葉県 16歳
養護学校高等部2年

母《はは》に怒《おこ》られ、バレバレの言《い》い訳《わけ》をする父《ちち》。
「あっ、友達《ともだち》だ」と思《おも》える一瞬《いっしゅん》。

天畠 大輔
千葉県 17歳 学生

「てめえ、バカヤロー」
こんな言葉《ことば》が快《こころよ》く響《ひび》く相手《あいて》は
お前《まえ》以外《いがい》に誰《だれ》がいるんだ。

石井　英樹
千葉県　40歳　教員

おれがお前《まえ》のセガレのクラス担任《たんにん》で、
……なんでお前《まえ》がＰＴＡ会長《かいちょう》なのさ？

宮代 健
千葉県 45歳 公務員

でも　あんたになんかあったら
私《わたし》のすべてで受《う》けとめようと
もう九年《くねん》思《おも》ってる

伊藤　さつき
千葉県　30歳　ガラス作家見習い

21世紀《せいき》へ歩《ある》く私《わたし》。
イルカと共《とも》にくらしたい。
いつか自閉症《じへいしょう》の少女《しょうじょ》が蘇生《そせい》した様《よう》に!!

牧野 葉子
千葉県 26歳

いろんな道《みち》を歩《ある》いてきたのは分《わ》かるさ、
昔《むかし》はそんな優《やさ》しい目《め》じゃなかったもの

正村 欣治
千葉県 48歳

初《はじ》めて命《いのち》の重《おも》さを考《かんが》えた。
でも、おまえに
教《おし》えてもらいたくなかったよ。

鈴木 敏彦
東京都 21歳 大学2年

つらい時《とき》、悲《かな》しい時《とき》
じっと聞《き》いてくれた。
あなたは、私《わたし》の日記帳《にっきちょう》

金子 麻子
東京都 47歳 主婦

あんたを泣《な》かしたくて作《つく》って、
自分《じぶん》で嵌《はま》った落《おと》し穴《あな》。
思《おも》い出《だ》すだけで消《き》えたくなる。

鈴木 麻衣
東京都 13歳 中学校2年

馬鹿野郎《ばかやろう》、
自分《じぶん》の結婚式《けっこんしき》で「友《とも》よ」なんか歌《うた》って
泣《な》き出《だ》しやがって。

北川 伸
東京都 49歳 塾経営

「家《うち》もコロッケにするわ」って、
メニューが決《き》まらない時《とき》だけ
電話《でんわ》して来《く》るな!!

小口 留美
東京都 33歳 フリーター

音楽室《おんがくしつ》の横通《よことお》ったら
笛《ふえ》の音《おと》聞《き》こえてきたの。
まだ私達《わたしたち》あの教室《きょうしつ》にいる気《き》がするね。

高柳 ふみ
東京都 20歳 大学1年

親友《しんゆう》と言《い》うのが恥《はず》かしくて、
悪友《あくゆう》と言《い》い合《あ》ってたね。
一生《いっしょう》言《い》わないけど大好《だいす》きだよ。

島田 由紀
東京都 16歳 高校1年

何《な》にもしてくれない
あなたのその優《やさ》しさは
本当《ほんとう》の優《やさ》しさ

松田 光完子
東京都 20歳
バンタンデザイン研究所

悪童《あくどう》だったオマエが、
級長《きゅうちょう》だったワタシを、
リストラする時代《じだい》なんだネ。

上　紀男
東京都　52歳　休職中

キミノオクサンモ　ウチノカミサンモ
アクユウトイウ　キミトボク
ソレデ七〇《ななじゅう》ネン

三笑亭笑三
東京都　74歳　落語家

地球《ちきゅう》はせまいから、
友達《ともだち》をたどっていくと
丸《まる》い円《えん》ができそうだね。

石橋 えり子
東京都 15歳 高校1年

ねぇ山崎《やまざき》。
経験《けいけん》豊富《ほうふ》なあなたを見《み》てると
10年後《ねんご》がほんとに心配《しんぱい》だよ。

上野 加容子
神奈川県　17歳　高校3年

コンビニの梅干《うめぼし》おにぎりに
梅干《うめぼし》が入《はい》っていないほど
運《うん》の悪《わる》い私《わたし》ですがよろしく。

阿部 真理子
神奈川県 16歳 高校2年

今《いま》私達《わたしたち》は、あなたを失《うしな》って
又《また》集《あつ》まろうとしています。
あの頃《ころ》の、七人《ななにん》で…。

角野和美
神奈川県　46歳　自営業

夜中《よなか》のでんわ、うれしかった。
困《こま》った時《とき》、頼《たよ》られるのってすごく、
すごくうれしいんだ。

芝沼 涼子
神奈川県 20歳 大学2年

写真《しゃしん》見《み》ると、
いっつも私《わたし》の隣《となり》りにいるね、あんた。
ああ、私《わたし》が隣《とな》りにいるのか。

駒井 恵里
神奈川県 12歳 中学校1年

友《とも》、たった一文字《ひともじ》だけど、
中身《なかみ》がつまっていて、
みんな欲《ほ》しがっているな。

山田 敏博
神奈川県 18歳

大空《おおぞら》のように広《ひろ》くやさしい君《きみ》。
大空《おおぞら》のように遠《とお》く感《かん》じる日《ひ》もあるの。

石井 歩
神奈川県 17歳 高校2年

あんたの涙《なみだ》はじめて分《わか》ってあげられへん。
子供《こども》より情人《じょうじん》の方《ほう》が大事《だいじ》やなんて。

新宮 砂織
神奈川県 29歳 主婦

お互《たが》い人《ひと》にこんな説明《せつめい》してるね。
男《おとこ》だけど、親友《しんゆう》なの。
女《おんな》だけど、話《はな》せるヤツで。25年《ねん》。

松本 留美子
神奈川県 35歳 主婦

あなたは前《まえ》を歩《ある》かない、
後《うし》ろをついてこない、
いつも私《わたし》の横《よこ》に並《なら》んでいてくれたね。

長谷川 順子
新潟県 18歳 高校3年

私《わたし》に肌《はだ》が黒《くろ》いと言《い》うけれど、
本当《ほんとう》に黒《くろ》いのは君《きみ》の腹《はら》だと思《おも》うんだ。

矢後 健児
富山県 18歳 高校3年

娘《むすめ》のはずのあなたが
いつのまにか
私《わたし》の　一番《いちばん》の友人《ゆうじん》みたい

嘉村　さとみ
富山県　37歳　主婦

うちにきてください。
かわいいえんぴつや、
かわいいけしゴムがあります。

柴田 成美
富山県 7歳 小学校1年

僕《ぼく》が三振《さんしん》し君《きみ》に期待《きたい》した打席《だせき》
なんと君《きみ》はホームラン
心《こころ》の底《そこ》から喜《よろこ》べないゴメン

堀 正和
富山県 17歳 高校3年

いつか、また、
つうしんたいせんしようよ。
ちきゅうの中《なか》のだれかさん。

草島 貴朗
富山県 8歳 小学校3年

ゆきちゃん、なっちゃん、
あかねちゃん、しおちゃん、
もっとかきたいよー。

紅井 菜那
富山県 8歳 小学校2年

学校《がっこう》は楽《たの》しいよ。
いろんな行事《ぎょうじ》に参加《さんか》して
みんなとはげまし合《あ》ったり。
学校《がっこう》に行《い》こ！

堀 優子
石川県 12歳 中学校1年

たった3にんの1ねんせいで
おとこのこはぼくひとり。
ふたりをまもるぞ。

丸山 大貴
石川県 7歳 小学校1年

年《とし》はとりたくないけれど、
あいつも、あの人《ひと》もいっしょだと思《おも》えば
楽《たの》しくなります。

大谷 和彦
福井県 42歳 教員

同級生名簿《どうきゅうせいめいぼ》の私《わたし》の欄《らん》、
〝消息不明《しょうそくふめい》〟の空白《くうはく》。
あの時《とき》も今《いま》も、
皆《み》んなを遠《とお》く感《かん》じています。

長崎 恵
福井県 32歳

失恋《しつれん》したと、泣《な》いてるあんたが、
私《わたし》は本当《ほんとう》うらやましいよ。
夕飯《ゆうはん》、何《なに》にしようかな。

新保 敦子
福井県 35歳 主婦

母《はは》の友達《ともだち》みていたら、昔《むかし》の話《はなし》してた。
私《わたし》も、友達《ともだち》と、
そんな話《はなし》するときがくるのかな。

西島 多恵
福井県 12歳 小学校6年

みわちゃん、
さんすうのおべんきょうははやいね。
わたし、みわちゃんになりたい。

山本 あすか
福井県 8歳 小学校2年

消灯《しょうとう》ラッパで床《とこ》の中《なか》
戦友《せんゆう》がくれた、大福餅《だいふくもち》
今日《きょう》もなつかしく思《おも》い出《だ》す

高柴 一馬
福井県 82歳 無職

娘《むすめ》が『お母《かあ》さんとは友達《ともだち》』という。
超《ちょう》うれしくて、幸《しあわ》せで、
ずっといい友達《ともだち》でいようね。

船木 洋子
福井県 48歳 旅館業

投《な》げた球《たま》がバシンとグローブに入《はい》った時《とき》、
ああ気《き》が合《あ》ってる。最高《さいこう》と思《おも》うよな。

山本 耕平
福井県 10歳 小学校5年

もし私《わたし》が男《おとこ》だったら、
アンタは彼女《かのじょ》にしたくないナンバー1だね。

松浦 由佳
福井県 17歳 高校3年

お早《は》ようって、気《き》もちいいね。
友《とも》だちどんどんふえていくみたいだよ。

浅野 亜衣
福井県 8歳 小学校3年

泣《な》かした数《かず》も泣《な》かされた数《かず》も一番《いちばん》だけど、
いっしょに笑《わら》った数《かず》も君《きみ》が一番《いちばん》だね。

青木 亮太
福井県 10歳 小学校4年

あなたには大切《たいせつ》な人《ひと》が出来《でき》たから
わたしもあなたを2番《ばん》に格下《かくさ》げしてあげる。

田中 和代
長野県 36歳 OL

みんなでバカみたいな
夢《ゆめ》の話《はなし》をしていたあの頃《ころ》が
夢《ゆめ》のようだね。

縣 茉莉
長野県 17歳 高校3年

寂《さび》しい時隣《ときとな》りにいるのは友人《ゆうじん》。
用《よう》のない時隣《ときとな》りにいるのが親友《しんゆう》。
君《きみ》は親友《しんゆう》でした。

寺島 義一
長野県 35歳 地方公務員

友《とも》は、私《わたし》のことを、
おちゃっぱと言《い》う。
静岡《しずおか》から来《き》ただけなのに。

宇野なつき
岐阜県　13歳　中学校1年

君《きみ》は、おもしろい人《ひと》だ。
まるで、ニシンを、
ミソで煮《に》こんだような、
コッテリ系《けい》だ。

服部 洋平
岐阜県 15歳 中学校3年

お前《まえ》ゲーム持《も》たずに来《こ》いよ。
機械《きかい》じゃなくて、
お前《まえ》と遊《あそ》ぶのが好《す》きなんだ。

山田 琢万
岐阜県 14歳 中学校2年

幼稚園《ようちえん》の時《とき》、二人《ふたり》で店《みせ》に行《い》ったな、
長《なが》い道《みち》のりだったけど、
それが最初《さいしょ》の大冒険《だいぼうけん》。

金森 雅弘
岐阜県 13歳 中学校2年

この手紙《てがみ》、本《ほん》に載《の》ったら誰《だれ》に自慢《じまん》する？
「もちろん友達《ともだち》に決《き》まってるじゃん。」

鈴木 佑佳
静岡県 16歳 学生

仮面友達《かめんともだち》でもいい。
その時《とき》〝楽《たの》しい〟と思《おも》えるのなら。
〝いい思《おも》い出《で》〟となるのなら。

高橋 つう
静岡県 17歳 高校3年

外野《がいや》は、ほっとけ、いわせとけ。
ランチしよう。
あんたの気《き》もち　聞《き》いたげる。

金子 久美子
静岡県 38歳 主婦

互《たが》いのわがまま、
愚痴《ぐち》っても受《う》け入《い》れる僕《ぼく》らを、
妻《つま》が言《い》うには「憎《にく》らしい」のだそうだ。

川口 秀也
静岡県 30歳 教員

ヘルメットと喧騒《けんそう》のデモの渦《うず》の中《なか》にいた
熱《あつ》い心《こころ》は元気《げんき》ですか。

熊丸 誠一
静岡県 51歳 会社員

合《あ》わせようとするより、
同《おな》じものを見《み》たり感《かん》じたりするのが
一番大切《いちばんたいせつ》だよね。

坂本 福海
静岡県 16歳 高校

貴女《あなた》は私《わたし》の保健室《ほけんしつ》。
困《こま》った時《とき》は癒《いや》してね。
私《わたし》は貴女《あなた》の救急箱《きゅうきゅうばこ》。
いつも気軽《きがる》に頼《たよ》ってね。

鷲塚 美奈
愛知県 16歳 高校1年

君《きみ》は水《みず》に似《に》てるね
ふれた瞬間《しゅんかん》は　冷《つめ》たく感《かん》じたけど
慣《な》れるととても　心地《ここち》良《よ》いんだ

今野 悠子
愛知県 21歳

真心《まごころ》が一杯《いっぱい》詰《つ》まった、
貴女《あなた》の作《つく》るキムチ、絶品《ぜっぴん》です。
私《わたし》も、梅干《うめぼ》しを一生懸命《いっしょうけんめい》作《つく》るわね。

藤志水 志津子
三重県 50歳

私《わたし》は恋《こい》をしてるんだ。
毎日《まいにち》が夢《ゆめ》のようだよ。
君《きみ》には愛《あい》の羽《はね》が見《み》える？
心《こころ》が温《あたた》かいよ。

富岡 綾
滋賀県 13歳 中学校2年

雨《あめ》でさえ惜《お》しみなく窓《まど》を叩《たた》くのに、
君《きみ》は電話《でんわ》さえかけてこないんだね。

上羽 貴子
京都府 18歳 高校3年

俺達《おれたち》に、女《おんな》はいらねぇ、
〝夢《ゆめ》〟さえあれば十分《じゅうぶん》じゃないか、
なあ心友《しんゆう》。

中西 俊介
京都府 16歳 高校2年

「久《ひさ》しぶり、変《か》わらんねえ」と言《い》ったのに、
後《あと》で写真《しゃしん》を見《み》たら共《とも》に老《ふ》けておりました。

岡上庸子
京都府　47歳　主婦

君《きみ》が住《す》んでいる所《ところ》は山奥《やまおく》だね。
君《きみ》の汗《あせ》の臭《にお》いはカブトムシの臭《にお》いがするよ。

岡本 達也
京都府 16歳 高校2年

何《なん》でも一緒《いっしょ》と思《おも》ってたのに
男《おとこ》の趣味《しゅみ》だけ違《ちが》ってた。
だからずっと親友《しんゆう》やな。

西尾 美来
京都府 19歳 大学2年

オレのおかんに悪《わる》いイメージもたれるから
髪型《かみがた》は中学《ちゅうがく》のにしとき。

齊藤 尚希
京都府 16歳 高校2年

生《い》きてるかー
たまにかかってくるあんたからの電話《でんわ》
でもなんか〝ほっ〟とする

中村たみ子
京都府 24歳 フリーター

直子《なおこ》が嫁《とつ》いで千葉《ちば》に行《い》く日《ひ》、
カレンダーにマルとバツ両方《りょうほう》書《か》いたよ。
おめでとう。

中尾 美津子
大阪府 27歳 主婦

乙女《おとめ》なあなたへ
縹色《はなだいろ》のペンでかかれた桃色《ももいろ》の想《おも》い、
実《みの》りましたか？　青《あお》い春《はる》に。

堤 奈央
大阪府　15歳　中学校3年

「よっしゃ!」いつからか
君《きみ》の口癖《くちぐせ》を口癖《くちぐせ》としている
自分《じぶん》に気付《きづ》きました

早川 知江
大阪府 20歳 大学2年

入学《にゅうがく》の時《とき》、
かわいいからイヤと思《おも》った。
卒業《そつぎょう》の時《とき》、
心《こころ》もかわいいからスキになってた。

宮本 みづえ
大阪府 49歳 パート

ふあふあで　やさしくて
気持《きも》ちよくて　頬《ほお》つけたくて
嬉《うれ》しくなる　私《わたし》の『友《とも》』よ

松下　桂子
大阪府　48歳　パート

「人《ひと》は人《ひと》」の私《わたし》の口癖《くちぐせ》は、強《つよ》さではなく、
満《み》たされたあなたへの嫉妬《しっと》の裏返《うらがえ》しです。

田川 友江
大阪府 45歳 主婦

友達《ともだち》へ、
飛《と》び箱《ばこ》は、
上《うえ》にジャンプするだけじゃだめだよ。
前《まえ》にもとぶんだよ。

黒田 佳孝
大阪府 12歳 小学校6年

みんなが頑張《がんば》れって言《い》う中《なか》で
一人《ひとり》だけそのまんまの私《わたし》でええって
言《い》ってくれた。

松川 牧絵
大阪府 19歳 印刷会社

君《きみ》をかばったら、おれもいじめられた。
それが友情《ゆうじょう》だったかどうか、今《いま》も分《わか》らない。

西田 金悟
大阪府 49歳 養護学校教員

お互《たが》いに結婚《けっこん》した今《いま》でも二人《ふたり》して飲《の》める。
「あの日《ひ》」何《なに》もなくてよかったね。

佐藤 進
大阪府　32歳　高校教員

「でも私達《わたしたち》には良《い》い旦那《だんな》よねぇ。」
その結論《けつろん》までが楽《たの》しいおしゃべり。

細川 恵子
兵庫県 51歳 主婦

いままでかせつだったけど、
いえがあたってよかったね。
また、りょこういこうなあ。

金本南淳
兵庫県 78歳

恋人《こいびと》で沈《しず》んだ心《こころ》は君《きみ》に癒《いや》されたけど、
君《きみ》で沈《しず》んだ心《こころ》は恋人《こいびと》には癒《いや》せなかった。

佐藤 照美
兵庫県 18歳 高校3年

たっちゃんは話《はな》せないけどよくしゃべる。
でも、僕《ぼく》には何《なん》となくわかるんダ！

北角 良太
兵庫県 12歳 中学校1年

いつもポケーッとしている友《とも》よ！
見《み》ていると僕《ぼく》も君《きみ》の世《せ》界《かい》に入《はい》っちゃうよ。

佐藤 裕介
兵庫県 14歳 中学校2年

葉《は》を裏返《うらかえ》す白《しろ》い風《かぜ》が強《つよ》い。
君《きみ》もこんな日《ひ》には
小《ちい》さな冒険《ぼうけん》を思《おも》い出《だ》しますか。

永井 信行
兵庫県 28歳 高校教諭

初夢《はつゆめ》に、とんとんとんと、家《いえ》が建《た》つ、
大工《だいく》の君《きみ》は槌《つち》振《ふ》りて、
左官《さかん》の僕《ぼく》は壁《かべ》を塗《ぬ》る

吉本 吉次
兵庫県 72歳 元左官職

「お前《まえ》を友《とも》と見込《みこ》んでお前《まえ》だけに話《はな》す。」
と言《い》っていたあのこと、
みんな知《し》っていた。

坂井 悠介
兵庫県 18歳 高校3年

何《なん》でもいえるのは「友達《ともだち》」
言《い》わなくってもわかってくれるあなたは
「親友《しんゆう》」。

加藤 詩乃
奈良県 14歳 中学校3年

子供《こども》まだ？
何度《なんど》も言《い》った挨拶《あいさつ》がわりの言葉《ことば》
こんなに傷《きず》ついていたなんて
ごめんね。

安藤　真理子
鳥取県　37歳　主婦

私《わたし》は40過《す》ぎと言《い》う。
貴女《あなた》は50前《まえ》と正直《しょうじき》に言《い》う。
何《なに》が違《ちが》うのだろう。

新田 富代
島根県 48歳 会社員

結婚《けっこん》するとぱったりだね。
男《おとこ》と女《おんな》の友情《ゆうじょう》って期間限定《きかんげんてい》なのかしら。

藤井 亮子
島根県 27歳 教員

三十歳《さんじゅっさい》も、五十歳《ごじゅっさい》も、
みーんな「私《わたし》は十八《じゅうはち》です。」って顔《かお》してる。
通信制高校《つうしんせいこうこう》という所《ところ》。

原 久美子
島根県 31歳 高校3年

君《きみ》は失禁《しっきん》パンツに総入《そうい》れ歯《ば》とか。
みな似《に》たりよったりだ。
心配《しんぱい》せず、クラス会《かい》に来《こ》い。

岸野 洋介
岡山県 65歳 会社員

毎日《まいにち》ケンカしちょるけど、
俺《おれ》はアンタをいいダチだと思《おも》っちょるんで。
父《とう》ちゃん。

沖原 功将
広島県 17歳 高校3年

自分《じぶん》から出《だ》した翌年《よくねん》は向《む》こうから届《とど》く。
出《だ》そうか出《だ》すまいか。
年賀状《ねんがじょう》は、むずかしい。

鈴木 高
広島県 15歳 高校1年

倖《しあわ》せですか。私《わたし》の夫《だんな》と逃《に》げて。
笑顔《えがお》は出来《でき》ないけど恨《うら》むことはやめました。

高島 明美
広島県 55歳 公務員

でべそくん、ぼくたちホントに仲《なか》いいね。
だって、引《ひ》っ張《ぱ》っても、はなれないもん。

保田 啓介
広島県 13歳 中学校2年

電車《でんしゃ》の中《なか》の大騒《おおさわ》ぎ
端《はた》から見《み》るとうるさくても
とっても大切《たいせつ》な時間《じかん》だよ。

大久保 さちえ
広島県 17歳 高校3年

あなたは絶対《ぜったい》に必要《ひつよう》な友達《ともだち》。
だけどあの人《ひと》は絶対《ぜったい》に譲《ゆず》れません。

今井 亮子
広島県 17歳 高校3年

海底《かいてい》に眠《ねむ》る戦艦《せんかん》大和《やまと》。
その高射《こうしゃ》機関《きかん》砲座《ほうざ》。
君《きみ》の誇《ほこ》りの部署《ぶしょ》だ。
僕《ぼく》は思《おも》わず合掌《がっしょう》した。

佐々木和麿
広島県　72歳

貴方《あなた》を〝亭主《ていしゅ》〟と思《おも》うから気《き》が重《おも》い。
今《いま》から〝友達《ともだち》〟
気軽《きがる》に何《なん》でも話《はな》せる〝大親友《だいしんゆう》〟ね。

片本 和代
山口県 28歳 主婦

将来《しょうらい》必《かなら》ず亭主《ていしゅ》より生《い》き残《のこ》り、
腰《こし》さすりあって旅行三昧《りょこうざんまい》しようね。
約束《やくそく》だよ、美智子《みちこ》。

秋満 由美子
山口県 41歳

あの時《とき》　君《きみ》からの一本《いっぽん》の電話《でんわ》で
正常《せいじょう》と異常《いじょう》の間《ハザマ》から
抜《ぬ》け出《だ》すことができました。

大川 成子
香川県　31歳　フリーター

友達《ともだち》という都合《つごう》のよい
隠《かく》れみのの言葉《ことば》で　これ以上《いじょう》
私《わたし》を傷《きず》つけないで

越智 由美子
愛媛県

いつも見《み》ていた、
よこ顔《がお》が少《すこ》し大人《おとな》にみえた時《とき》、
淋《さび》しく感《かん》じた、ある日《ひ》の夕方《ゆうがた》。

今西りの
高知県　14歳　中学校3年

あんたが男《おとこ》だったら惚《ほ》れていたよ、きっと。
友情《ゆうじょう》にも赤《あか》い糸《いと》ってあるんだね。

石田 早苗
高知県 28歳 主婦

惚《ぼ》けたらいかんで　顔忘《かおわす》れたらいかんけ
時々《ときどき》おうて　刺激《しげき》しあおうな

岩田 美惠子
福岡県 51歳 主婦

活力剤《かつりょくざい》、清涼剤《せいりょうざい》、安定剤《あんていざい》、
これからもずっとそんな間柄《あいだがら》でいような。

森本 弘行
福岡県 40歳 公務員

学徒動員《がくとどういん》思《おも》い出《だ》すなあ、
平和《へいわ》を知《し》らなかった青春《せいしゅん》だ。
一日《いちにち》でも長生《ながい》きしよう。

森一夫
長崎県 72歳

ねえ、誰《だれ》か返事《こたえ》て。誰《だれ》か笑《わら》って。
なんか自分《じぶん》は見《み》えないみたいだね。

森 美鈴
長崎県 16歳 高校生

貴女《あなた》に見《み》せてしまった初《はじ》めての泣《な》き顔《がお》、
あの時《とき》、離《り》婚《こん》届《とどけ》を書《か》こうとしてたのです。

上村 恵子
熊本県 47歳 非常勤

毎夜《まいよ》、意味《いみ》ナシの電話《でんわ》ごめん。
『もう切《き》ろう』て思《おも》ったとき、
言葉《ことば》がでるから。

入江 恭子
大分県 16歳 高校1年

恋人《こいびと》できたんよ。
結婚《けっこん》するんよ。
子供《こども》できるんよ。
私《わたし》は又《また》、ランク落《お》ちだね。

佐藤 明美
大分県 34歳

あなたにうそつきました。
最初《さいしょ》で最後《さいご》の大《おお》きなうそ。
私《わたし》も彼《かれ》が好《す》きです。

山元 梨江子
鹿児島県 15歳 中学校3年

バイト先《さき》の制服《せいふく》似合《にあ》ってた。
でもポテト食《た》べ切《き》れなかったよ。
入《い》れすぎだって。

比嘉基
沖縄県　17歳　高校2年

パソコン印刷《いんさつ》も良《い》いけれど。
肉筆《にくひつ》添《そ》えてよ年賀状《ねんがじょう》。
それで一年《いちねん》持《も》つんだからね。

植田優子
沖縄県　32歳　主婦

三十年《さんじゅうねん》、焦《こ》がれた貴女《あなた》に孫《まご》ができ、
ようやく友達《ともだち》になれました。

平沢 秀
スウェーデン 52歳 商社員

「元気《げんき》ぃ」の変《か》わらぬ一言《ひとこと》で
元気《げんき》をくれる。
貴方《あなた》は、やっぱり親友《しんゆう》。

チエコ・サイトウ・クッツ
アメリカ

ピーターパンの気持《きも》ち分《わ》かるよ
大人《おとな》になったら
離《はな》れちゃうもんね

高野 友里
アメリカ 15歳

「アマゾンに果《は》つべき」と、
歌《うた》を残《のこ》して逝《い》った友《とも》、
今夜《こんや》の星《ほし》は君《きみ》の胸《むね》の十字架《じゅうじか》みたいだ

堤 剛太
ブラジル 51歳

「だって友達《ともだち》じゃん。」
君《きみ》からもらった
一番《いちばん》うれしかった言葉《ことば》です。

前田 暁人
アメリカ 16歳 高等部

英語版「友へ」一筆啓上賞

A Brief Message from the Heart LETTER CONTEST

" To My Friend "

Do you remember
when we laughed down the moon?
Sitting with it between us,
we ate it like a watermelon.

Seth Nehil (Portland, OR/M.25)

覚えていますか？
月をサカナにして笑いあったこと。
2人の間にかかった月を
スイカみたいに食べたよね。

セス・ニヒル（オレゴン州ポートランド市 25歳）

Cancer, she said.
Second time, she said.
She said she intended to
"ride it out in style".
I raised my glass. I cried at home.

Sandra Stone Peters (Portland, OR/F.65)

“(また)がんよ” 彼女が言った。
“2回目よ” と言った。
“がんばっていくつもりよ” って言うから、
私は、グラスをあげて乾杯しました。
うちで泣きました。

サンドラ・ストーン・ピータース(オレゴン州ポートランド市 65歳)

Sometimes when you're gone
I miss you so much
I put on your clothes
and try to convince the dog
I'm you.

Linda J. Thurmes (Portland, OR/F.38)

あなたがいないと、
ときどきあまりにさみしくて、
あなたの服を着て、
あなただと犬をだまそうとします。
リンダ・J・サーマス（オレゴン州ポートランド市 38歳）

あとがき

一二〇、八二三通の友への手紙。段ボール箱で約七十七箱。予想もしなかった数量に戸惑いながらも、七回目にして超えた十万の壁。感無量です。ふるさとの歴史から題材をとり、より多くの人々の共感を得るようなものを創り出したいとの当初からの願いは、叶えられたようです。

単なる友から友へだけでなく、〝友〟そのものを捉えたものや、恋人、両親、兄弟、ペットに至るまで様々な〝友〟の形態がありました。戦争とか事故、自ら死を選んでしまった友への切々とした情念も見られました。

しかし、圧倒的に多かったのが現在の友に対してであり、三、四歳から一〇〇歳近くの人まで幅広く寄せられました。

友であることの確認、疑問、願いが込められた手紙から、現在の友事情が見えてきそうです。これまでに寄せられた手紙の総数が約五十万通、母にしても家族にしてもふるさとにしても、それぞれの手紙を分類することによって全体の姿が見えてくるように感じます。

今回の友がなぜこのように多くの人々の共感を得ることができたのかを検証するとともに、それぞれの姿を明らかにする作業にも着手したいと考えています。

今回は特に数が多く、大変でした。郵政省（現 日本郵便）、住友グループ広報委員会の皆様には引き続き多大なご支援をいただき感謝します。

この増補改訂版発刊にあたり、丸岡町出身の山本時男さんがオーナーである株式会社中央経済社の皆様には、大きなご支援をいただきました。ありがとうございました。

最後になりましたが、西予市とのコラボが成功し、今回もその一部について関係者の方にご協力いただいたことに感謝します。

二〇〇九年九月吉日

編集局長　大廻　政成

日本一短い　友への手紙　一筆啓上賞

二〇〇九年一一月一〇日　初版第一刷発行
二〇一九年　二月一五日　初版第三刷発行

編集者――公益財団法人丸岡文化財団
発行者――山本時男
発行所――株式会社中央経済社
発売元――株式会社中央経済グループパブリッシング
〒一〇一－〇〇五一
東京都千代田区神田神保町一－三一－二
電話〇三－三二九三－三三七一（編集代表）
〇三－三二九三－三三八一（営業代表）
http://www.chuokeizai.co.jp/

印刷・製本――株式会社　大藤社
コラボ撮影――片山虎之介
編集協力――辻新明美

ISBN978-4-502-42660-5　C0095